PANÉGYRIQUE

DE SON ALTESSE

MONSEIGNEUR LE DUC D'ORLÉANS,

Prince royal de France.

DOLE,

DE L'IMPRIMERIE DE L.-A. PILLOT.

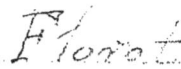

PANÉGYRIQUE

DE SON ALTESSE

MONSEIGNEUR LE DUC D'ORLÉANS,

PRINCE ROYAL DE FRANCE,

Par C.-A.L. FLORET,

AUTEUR DE LA TRAGÉDIE DE RÉBECCA OU LE JUGEMENT DE DIEU.

DOLE,

DE L'IMPRIMERIE DE PILLOT.

1843.

AU ROI.

SIRE,

La mémoire de l'illustre PRINCE ROYAL, votre trop infortuné fils, décédé si cruellement à la fleur de son âge, dont les antécédents faisaient présager un si bel avenir pour la France et votre auguste Famille; la mémoire, dis-je, de ce Prince dont les contemporains n'ont eu qu'à se louer, qui n'offensa personne et savait si bien capter l'estime et l'affection de chacun; ce souvenir enfin, pour l'honneur de notre pays et de notre époque, ne peut trop se propager. Heureux donc les écrivains qui, d'une

plume élégante et sans fard, sauront le mieux,
pour la postérité, dépeindre cette vie si courte et
cependant si belle, dont la fin prématurée et fou-
droyante a produit une commotion si douloureuse
dans tous les cœurs vraiment français.

Désireux de concourir pour un si noble motif;
encouragé d'ailleurs par les remerciements gracieux
que mon premier essai a déjà eu le bonheur d'ob-
tenir de la part de VOTRE MAJESTÉ et de celle de
la REINE, votre très pieuse et bien auguste épouse,
je me décide, SIRE, à entrer en lice pour rendre
ostensiblement hommage aux qualités brillantes de
votre illustre Fils, si franchement, si généralement
regretté, et contribuer à répandre, jusque dans les
régions les plus éloignées, le souvenir de ce trop
infortuné Prince.

Le compliment que dans mon panégyrique j'a-
dresse aux illustres POTENTATS et SOUVERAINS
d'Europe, à raison de la manifestation publique de
leur affliction sur le déplorable événement du 13
juillet, est un motif bien naturel pour me permettre
de prendre la liberté de leur faire hommage de mon
élégie; notre langue, aujourd'hui européenne, ne
peut qu'être agréable à LEURS MAJESTÉS, dans
cette circonstance caractéristique, si j'ai réussi à
dépeindre au naturel mon Héros, assez marquant à
leurs yeux pour les déterminer à en porter le deuil,
deuil que l'on peut qualifier aussi d'européen, sans

exemple peut-être dans l'histoire, mais qui prouve les heureux progrès de la civilisation.

Mon élégie, SIRE, n'est pas exempte d'imperfection, mais du moins vous n'y remarquerez pas cette exaltation qui dépasse le vrai, cette emphase qui porte à faux son hommage ; chaque stance signale une vérité que je me suis efforcé de rendre poétique sans ostentation ; et c'est précisément à raison de sa naïveté que je me plais à croire, SIRE, que vous daignerez en agréer la dédicace.

J'ai l'honneur d'être avec le respect le plus profond et le mieux compris,

DE VOTRE MAJESTÉ,

LE PLUS HUMBLE DE VOS FIDÈLES SERVITEURS.

FLORET.

ÉLÉGIE.

O PRINCE infortuné! ton trépas pour la France,
On ne peut le nier, est un malheur immense,
Pour ta famille auguste un désespoir affreux,
Le comble de l'horreur pour ta veuve royale;
Enfin pour tes enfants un vide ténébreux,
Dont le ciel et l'amour rempliront l'intervalle.
   De ta faux meurtrière, impitoyable mort,
D'un seul coup tu ne peux nous faire un plus grand tort.

Pour faire ton éloge, ô PRINCE magnanime,
Disons la vérité, sans chercher le sublime.
Assez de vers pompeux et parfumés d'encens,
Assez de chants fleuris, d'odes, d'apothéoses,
Pourraient aider ma voix et guider mes accents;
Mais toutes ces beautés, ces guirlandes, ces roses,
Aux traits de mon héros ne peuvent s'adapter :
C'est dans le ton du deuil que je dois le chanter.

PRINCE trop malheureux! ah! ton panégyrique,
Je pourrai l'esquisser sans craindre la critique;
Mais pour en clore un œuvre au moyen d'un tableau,
Dévoilant les replis des qualités brillantes
Qui te faisaient chérir à la ville, au hameau,
Du soldat qui t'a vu dans ses rangs, sous les tentes,
De ta famille enfin dont tu fus l'ornement,
Non, non, je ne le puis, malgré mon dévouement.

O Manes d'un bon Prince, ombre aujourd'hui chérie,
Oui, vous serez encore l'orgueil de ma patrie.
Hélas! pour retracer à la postérité
Ce don si précieux de son beau caractère,
Et qui nous présageait tant de félicité,
Ma plume n'est ici que puissance éphémère;
Mais du moins mon encens ne sera pas flatteur,
Mes accents ne sont pas ceux d'un adulateur.

Heureux sont ces enfants, chéris de la nature,
Qui rapprochent de Dieu l'humaine créature !
Tel était notre Prince : on l'admira toujours,
Possédant à la fois cet esprit et ces grâces,
Que l'on peut appeler semences des amours,
Véritable parfum qui laisse sur ses traces
Ce merveilleux qui fait tressaillir les bons cœurs,
Qui peut se comparer à tout l'attrait des fleurs.

Après avoir brillé, même dans le jeune âge,
Par l'étude, il devint un homme juste et sage,
Qui pouvait dignement déjà nous gouverner.
Humain, compatissant, et toujours magnanime,
Protecteur né des arts qu'il savait discerner,
Le talent distingué captivait son estime,
L'artiste en lui trouvait l'amateur généreux,
Et c'était son bonheur de faire des heureux.

Dans les rangs de l'armée, ANVERS, tu fus la lice
Où le Prince donna, comme soldat, l'indice
De l'art qu'il possédait pour le commandement.
Fidèle à son devoir, dans cet assaut terrible,
Sous le feu des remparts agissant noblement,
Quoique bien jeune encore, au danger insensible,
Franchement à ce siége il fut brave et loyal,
Comme soldat français, comme Prince royal.

Son penchant naturel était celui des armes,
Qui pour lui, chaque jour, avait de nouveaux charmes.
　En Afrique il passa sous les portes de fer,
Aux expéditions prit une part active,
Et de tous ses exploits, au-delà de la mer,
Les journaux ont cité la marche successive.
　Dans ses retours divers, sous ce climat brûlant,
Comme un preux chevalier, il fut toujours vaillant.

　De ces antécédents et de ces confidences,
Que le Prince savait, sans fard ni défiances,
Embellir constamment de son aimable accueil,
Ah! notre belle armée aujourd'hui se rappelle;
Dans l'ame et sur l'épée elle a porté son deuil,
Et gémira longtemps de sa perte cruelle.
Du soldat, en effet, l'ami, le protecteur,
L'aimer était son goût, l'obliger son bonheur.

　Oui, notre armée encore aujourd'hui manifeste
Sa douleur d'un trépas si triste et si funeste :
Avec la même ardeur, au Roi, spontanément,
La France a révélé, d'une noble manière,
Et son affliction et son beau dévouement;
On a gémi partout, même dans la chaumière;
Mais ces larmes du moins ne sont plus des secrets
Pour l'ame du héros qui connaît nos regrets.

Si le Prince royal, de l'armée et la France,
Etait l'homme chéri, l'enfant de l'espérance,
Au sein de sa famille, ah ! que n'était-il pas !
Ce tableau ne se peut rendre par la parole ;
Il se sent, se comprend, mais qui pourrait, hélas!
Tracer au naturel cette belle auréole !
LA JUSTICE, LA PAIX, L'ESPÉRANCE ET LA GLOIRE,
MARCHANT A SES CÔTÉS, TEL LE PEINDRA L'HISTOIRE.

Je termine pour toi, PRINCE, mon élégie,
Par le trait le plus beau de ton apologie.
Si dans la France entière on pleure ton trépas,
L'Europe, comme nous, révère ta mémoire ;
En apprenant ta mort, et dans tous les états,
La COUR a pris la deuil en ton honneur et gloire.
Ces hommages du cœur honorent à la fois,
Et les rois qui les font, et toi qui les reçois.

AUX SOUVERAINS D'EUROPE.

ILLUSTRES POTENTATS, qui gouvernez la terre,
Au-dedans par les lois, au-dehors par la guerre,
Si la division se mêle parmi vous,
C'est toujours un fléau pour la nature humaine ;
Mais quand le monde enfin vous voit déplorer tous
L'incroyable malheur qui sur nous se déchaîne,
Dévoilant au grand jour vos sentiments pieux,
Vous êtes ici-bas représentants des Cieux.

AU ROI.

O Père infortuné ! MONARQUE très-auguste,
Pour vous la Providence est-elle donc injuste ?
Non, non, vous subissez en chrétien ses décrets,
En déployant encor votre grand caractère
Sur ce désastre affreux, si digne de regrets,
Du trépas d'un Héros dont vous êtes le père.
SIRE, si vous perdez cet enfant de l'honneur,
Vous avez dans le Ciel un nouveau protecteur.

A LA REINE.

Modèle des vertus, REINE MAJESTUEUSE,
Au plus haut des grandeurs, bonne, juste et pieuse,
Avec ce tendre cœur de la maternité,
Du successeur au trône, ah ! quand le ciel vous prive,
On se demande encore si c'est la vérité :
Le bonheur n'est donc plus qu'une ombre fugitive.
Dieu vous laisse, MADAME, au comble des douleurs,
De généreux enfants pour essuyer vos pleurs.

A MADAME LA DUCHESSE D'ORLÉANS.

MADAME, hier encore, ah ! vous étiez heureuse,
Chérissant votre époux, en femme vertueuse :
Pour la France et pour vous il n'est plus aujourd'hui ;
Mais vos enfants sont là, sous vos yeux pleins de larmes,
Consolez-vous, PRINCESSE, et soyez leur appui :
En tarissant vos pleurs vous calmez nos alarmes.
Votre malheur est grand, cruel et douloureux,
Mais sur vous le TRÈS-HAUT veille du haut des Cieux.

AU PRINCE ROYAL.

Espoir de mon pays, PRINCE, votre jeunesse,
Victime du malheur, au cœur nous intéresse.
   Bénissons cet enfant de son père orphelin,
Dans ce seul âge heureux, que toujours on envie ;
Ainsi que lui frappé de la main du destin,
Notre avenir dépend du bonheur de sa vie.
   ILLUSTRE REJETON, pour vous tels sont nos vœux :
Imitez votre père, et soyez plus heureux.

A LA FRANCE.

   De ton émotion si profonde et si belle,
Qui, pour les nations, peut servir de modèle,
O FRANCE, permets-moi de te féliciter !
Sur la tombe du Prince, en voyant ta tristesse,
L'impitoyable mort devait se regretter,
Et l'univers en masse aurait plaint son Altesse.
De l'auguste famille, en proie à la douleur,
Ton amour si sensible a soulagé le cœur.

A SON ALTESSE

MONSEIGNEUR LE DUC DE NEMOURS,

A TITRE DE RÉGENT.

Mon PRINCE, on vous appelle à régir comme un père
Les droits de cet enfant de votre illustre frère,
Qui doit, d'après nos lois, un jour nous gouverner.
Cet appel à l'honneur, titre de confiance,
Que vos antécédents vous ont fait décerner,
Vous met entre les mains le salut de la France,
Qui, par ses délégués, en vous nommant Régent,
De sa prospérité vous a fait son agent.

FIN.